3
2
Poc!
1
0
1
Achdé 92

Achdé 93.
+ Erroc

MARQUONS UN GRAND COUP! C.P.T
BOT!
BAF!
MGNOUF MGNOUFF!!
PAF!
?
POC!
TU M'AS L'AIR VACHEMENT ÉNERVÉ, EUGÈNE...
TU PARLES!
CE SOIR JE DOIS MANGER CHEZ MON BEAUF...
MON PAUV'VIEUX!
...ET IL M'ÉNERVE MON BEAUF!!
LE... LE MIEN AUSSI...
CE TYPE EST UNE CATASTROPHE NATURELLE! IL A TOUJOURS UNE COMBINE FOIREUSE À TE PROPOSER ET LÀ, C'EST LES CHUTES DU NIAGARA, LA MOUSSON, ET LES SAUTERELLES QUI TE TOMBENT DIRECT DESSUS!!...
TIENS, RIEN QUE D'Y PENSER, J'AI... J'AI... DES PAL... PAL... PALPITATIONS...
RHÔÔÔ?!
BOM! BOM! BOM!
TU DEVRAIS ESSAYER L'ACUPUNCTURE, ÇA RELAXE...
CRS
HEU... ÇA VA EUGÈNE?
TRÈS BIEN POURQUOI?
59·II

Achdé + Erroc

CALME...
VOLUPTÉ
SALUT EUGÈNE! ALORS ÇA MORD?!
CHCHHHHHHH!
CLAC!
GRMMBLL!
POM POPOM
BOUF!
?!
HOP!
CAMARADES LES RIVIÈRES SONT PLEINES DE LESSIVES! LES GROS BOUFFENT LES PETITS! VOS OEUFS FINIRONT DANS LE RAYON DES SURGELÉS! RÉVOLTEZ-VOUS ET REJOIGNEZ-NOUS!!
PAF!
PONK!
TONK!
SCHTOK!
BING!
PLOTCH!
BLOTCH!
ÉFAUT SAVOIR EXPLOITER SON EXPÉRIENCE DU SYNDICALISME!
Achdé 93 + Erroc

PEUH, TU PARLES D'UNE IDÉE...
ENCORE DES CRÉDITS DÉPENSÉS N'IMPORTE COMMENT, ÇA...
AH, C'EST PARTI...
MÊME SI ÇA DOIT ARRIVER UN JOUR, JE SERAI À LA RETRAITE...
PAS FRANCHEMENT AGRÉABLE HEIN ?!
'PEUT PAS DIRE...
BLEEUURK, J'AI L'ESTOMAC QUI JOUE AU SQUASH !!!
AH, JE LES RETIENS !
ON... ON VA VOUS FORMER DANS L'ÉVENTUALITÉ...
D'UNE MANIF EXTRA-TERRESTRE BEEUUUH!!
WIIIIIIIIIIIIII
WIIIIIIIIIIIIII
63 II
Adulé 93 + ERROC

À BAS LE PÉPÈTE SHOW!
CELLE-LÀ FERA LA COUVERTURE DE "FRANCE QUI FLANCHE" OU DE "L'HIBERNATION"!
CLIC! CLIC!
CLIC! CLIC!
ALLEZ CHARGEZ C'EST MOU TOUT ÇA!!
BAF!
PRESSE
?!
HAAA VOUS M'AVEZ FRAPPÉ! HAAA ON VEUT ASSASSINER LA PRESSE QUI DÉRANGE...
JE VAIS VOUS MITONNER UN PAPIER SAIGNANT DANS MON CANARD!! ET CROYEZ-MOI, J'ADORE LE CANARD AU SANG!
MAIS... MAIS...
J'AI GAGNÉ!
?!
MAIS... MAIS?!
HÉÉÉ, LES GARS J'AI GAGNÉ!!
BEN ON EST BIEN CONTENT...
OUAAH FÉLICITATIONS EUGÈNE!
?!
OH CE N'EST RIEN, DE LA CHANCE!!
BRAVO VIEUX!
?!
!?
C'EST PAPY!!
ORDRE DU PRÉFET: IL FAUT DÉDRAMATISER! BRAVO À VOUS AUSSI!!
...ET C'EST AVEC ÉMOTION QUE JE REMETS À NOTRE SOUS-BRIGADIER CHEF CETTE MATRAQUE D'OR QUI RÉCOMPENSE LA CENTIÈME BAVURE HOMOLOGUÉE DE CETTE ANNÉE EXCEPTIONNELLE!
SOB! C'EST TROP!
GRMMBL! TOUJOURS LES MÊMES...
RF
Achdé 93 + Erroc.

MESSIEURS COMME CHAQUE SEMAINE, IL ME FAUT UN VOLONTAIRE!
JE M'ATTENDAIS À UN ENTHOUSIASME AUSSI SPONTANÉ!! NOUS ALLONS DONC PROCÉDER SCIENTIFIQUEMENT...
AU CLAIR DE LA LUNE ?!
MON... MON AMI PIERROT?
SUR LE PONT D'AVIGNON ?!
ON Y DANSE?
J'AI DU BON TABAC ?!
HEU... T'AURAS DU LOLO??
PERDU! VOUS ÊTES VOLONTAIRE LACRYMO!!
GULP!
NE ME LAISSEZ PAS LES GARS!!
C.R.S
ON PRÉVIENT TA FEMME EUGÈNE...
PFOOU!
... AVANT D'ESSAYER LA GRENADE À 6 COUPS, NOUS ALLONS TESTER LA RÉSISTANCE DE CE NOUVEL UNIFORME BLINDÉ CENT POUR CENT PURE LAINE DE TITANIUM!!
CENTRE DE RECHERCHE SCIENTIFIQUE Pr BOMBACHE
ACCIDENTS
COURBE
DANGER
CASQUE CHAUFFANT
GRENADE BOOMERANG
Achdé 93 + ERROC

CHIRURGIE
BLOC OP. 2
BOUM!
BOUM!
BON ... VOYONS VOIR CETTE TUMEUR DE L'ESTOMAC...
DIAGNOSTIC INCERTAIN PARAÎT-IL...
BLOB! BLOB! BLOB!
BALAISE LE BONHOMME !... PINCE!
TU PARLES, UN C.R.S ... SCALPEL!!
UN VRAI BAZAR CET ABDOMEN!! PINCE!
ON Y TROUVE À BOIRE ET À MANGER!! COMPRESSE!
MILLE SERINGUES, QUEL ESTOMAC!!
MAIS REGARDE-MOI CETTE TUMEUR!! CISEAUX VITE ! VITE !
C'EST PLUS UN C.R.S, C'EST UN CACHALOT !!
ÇA Y EST, JE L'AI... MAIS... HEIN...?! C'EST PAS VRAI!
EUH... INFIRMIÈRE, VOUS POUVEZ NOUS RAPPELER SON DOSSIER CLINIQUE...
« LOURDEUR ANGULEUSE À L'ESTOMAC SUITE À L'INGESTION FORCÉE D'UN CORPS ÉTRANGER LE 21 MAI 1968... »
EHBÉ!
64 II
Achdé + Erroc

PARAÎT QUE C'EST UN PASSAGE À TABAC SAIGNANT QUI A TOURNÉ À L'ÉMEUTE !
ON ARRIVE, VOILÀ LA GARE !
SNCF
LA VICTIME EST UN ÉTRANGER : IL A UN NOM GENRE GREC
HALL N°1
ATTENDS... MOUSTAKI ? MOUSSAKA ? NON...
VIIITE ! ILS SONT EN TRAIN D'EN FAIRE DU KETCHUP !!
MAIS VOUS ÊTES TOUS DINGUES !! ARRÊTEZ !!
SOUVLAKI ? NON... SORAYA ? SAKAMOTO ? OUCH!
ARR...GNNI !
VITE ! VITE ! S'OCCUPER DE CE PAUVRE TYPE !!
GRRRR!
GRRR!!
?
BILLETTERIE AUTOMATIQUE
SNCF
SOCRATE !!
VOILÀ ! C'EST ÇA ! C'EST LE NOM QUE JE CHERCHAIS !
101
Achdé + Enoc 93.

...UNE DÉPRESSION NERVEUSE...IL LUI FAUDRAIT UN ÉLECTROCHOC, UN ÉVÈNEMENT PARTICULIÈREMENT HEUREUX PAR EXEMPLE !!
CRISE
GUERRE
RACISME
CHOMAGE
TOP 50
JAZZ
ROCK
HEU... EUGÈNE, J'AI PENSÉ À QUELQUE CHOSE QUI PEUT-ÊTRE BZZ....
HEIN ?! MAIS TU DÉLIRES SIMONE !
...POUR UNE FOIS, QUE TON FILS A BESOIN DE TOI ET GNAGNA...
AH, LE VOILÀ...
VOILÀ MON P'TIT LACRYMO, VOUS ALLEZ ÊTRE CONTENT : DU BRUTAL !! UNE MISSION SECRÈTE HEIN ? HAHAHA !
EUH NON... TERRORISME FAMILIAL !
SPORT
MGNIOUF ! ME DÉPÊCHER AVANT QUE ÇA ME PÈTE À LA G...
LA COUR... PERSONNE... HOP ! LA POUBELLE...
BOTE !
ROULROULROULROU
BOOOUM !
... ABSOLUMENT GÉRARD, IL N'Y A EU AUCUNE VICTIME MAIS CET ATTENTAT D'UNE VIOLENCE INOUÏE A LITTÉRALEMENT DÉSINTÉGRÉ LA CASERNE DES C.R.S ET ...
TRAÎTRISE
ENQUÊTE
RADIATION
SUICIDE !
OUAH !
66 II
Achdé 93 + Erroc.

ZZIIIIIIP!
MA MAN
LAISSE TOMBER EUGÈNE!
...ILS SONT TOUS PARTIS...
C'EST SYMPA DE VOULOIR REMPLACER UNE COLLÈGUE MALADE, MAIS 'FAUT COMPRENDRE...
JE NE VOIS VRAIMENT PAS CE QU'ELLE A DE PLUS QUE MOI!!
LA NUIT DES -C.R.S-
ANNULÉ
CE SOIR
Marylin Mandale dans son STRIP-TEASE INTÉGRAL !!
62 I
Achdé 93 + Erroc

PINPONPINPON
PINPON
SAMU SAMU
421ème
COMPAGN
RÉPUBLI
SÉCURIT
AH! VOUS VOILÀ! VITE C'EST PAR ICI...
JE SAVAIS BIEN QUE TOUT ÇA TOURNERAIT MAL UN JOUR OU L'AUTRE. J'AIME PAS CE TYPE D'INTERVENTION
EUH...
HA?
...LE GENRE MAUVAIS POUR LES NERFS, AVEC UNE PRESSION PSYCHOLOGIQUE DINGUE!
TENEZ! À UN MOMENT JE VEUX SORTIR MA FIDÈLE MATRAQUE ET HOP!!
ZIIIP!
MOI, C'EST FINI! PLUS JAMAIS JE N'IRAI À UNE MANIF D'ILLUSIONNISTES!
FLAP! FLAP!
BOP!
FLAP! FLAP! FLAP!
LE PROBLÈME, C'EST QUE DANS LA CONFUSION, IL Y EN A DEUX QUI ONT COINCÉ UN DE NOS COLLÈGUES...
ET... IL A PRIS UN MAUVAIS COUP?
BEN C'EST PLUTÔT UNE MAUVAISE COUPE!!
AIDEZ-MOI! MAIS QU'ON NE ME TOUCHE PÂÂÂS!!
CALME-TOI JÉJÉ! DOIT Y AVOIR UN TRUC...
J'AI DÉJÀ VU ÇA À LA TÉLÉ! IL FAUT SCIER UNE DEUXIÈME FOIS!
Achdé 93 + Ennoc

UN P'TIT DERNIER LES GARS?
MERCI LÉON MAIS IL FAUT QU'ON Y AILLE!
C'EST L'HEURE?!
TU VIENS MON P'TIT JÉJÉ, ON VA ÊTRE EN RETARD...
N...NON...
NAN JE PEUX PAAS!
?!
ÉCOUTE, JE SAIS, C'EST DUR MAIS C'EST PAS LA PREMIÈRE FOIS ET T'ES PLUS UNE MINETTE, NON?!
JE PEUX PAS! JE PEUX PLUS!!
C'EST COMME LES PARACHUTISTES! MÊME LES PROS, UN JOUR ILS ONT PEUR DE SAUTER!!
BON ALLEZ, ÇA SUFFIT JÉJÉ, CESSE TES ENFANTILLAGES, FAUT Y ALLER MAINTENANT!!
LÂCHE-MOI!
?!
NOOON! MAMAAAN!
AIDEZ-MOI LES GARS HUMPF!
TIENS BON EUGÈNE
OUAAH NON PAS ÇÀÀÀ!
POURTANT AUJOURD'HUI Y'A DE LA CHOUCROUTE À LA GRAISSE DE TRIPES!
CRS CANTINE
Achdé 93 + Erroc

COUPE D'EUROPE
Football
...LE MATCH SE TERMINE ET ON NOUS SIGNALE DES INCIDENTS : SUR PLACE, ANTOINE BAVEUX...
ET VIVE LE SPORT !
CANAL Lacrymal
...AAABSOLUMENT JEAN-JACQUES, LE 8 À 0 EN FAVEUR DES NAPOLITAINS A PROVOQUÉ LA COLÈRE DES SUPPORTERS DE BÉTON SUR YVETTE QUI INSULTENT L'ARBITRE
ON LES AURA
BSY
BÉTON SUR YVETTE
... ON SENT LA TENSION MONTER ! TOUT CELA N'EST PAS TRÈS SPORT IL FAUT BIEN LE DIRE...
44 BIÈRE
BÉTON
TOUTE CETTE VIOLENCE CONTENUE ÉCLATE SOUDAIN !! L'ARBITRE DOIT FUIIIIR POURSUIVI PAR UNE FOULE HYSTÉRIQUE ET PAS TRÈS SPORT, IL FAUT BIEN LE DIRE...
SORTIE
HEUREUSEMENT, LES FORCES DE L'ORDRE INTERVIENNENT POUR SOUSTRAIRE L'ARBITRE À UN LYNCHAGE QUI DISONS-LE N'EST PAS TRÈS SPORT...
PLANQUEZ-VOUS DANS LE CAR, VITE ON LES RETIENT !!
PFFIOU ! MERCI LES GARS... TOUS DES DINGUES !! DE VRAIS FAUVES !!
REMARQUE, ON LES COMPREND FUMIER...
OUAIS, BOTICELLI QUI MARQUE DE LA MAIN ÇA TE GÊNE PAS...
ET LE CARTON ROUGE POUR ZLAVISKY, HEIN ?!
ET LE PÉNALTY SUR PÉPIN C'EST POUR LES CHIENS ?!
ON VA PAS ÊTRE TRÈS SPORT AVEC TOI, VENDU !!
30
Achdé 93 + Erroc

SCRUUUIIC!
BICHEEEETTE?
JOYEUX ANNIVERSAIRE!
JE CROYAIS QUE TU AVAIS OUBLIÉ...
SMACK!
OUBLIER NOTRE VINGT-CINQUIÈME ANNIVERSAIRE DE MARIAGE?! ÂÂÂLLONS MA BICHETTE, SOUS LA RUDE ÉCORCE DE LA BRUTE, LE PRINCE CHARMANT RESTE ÉTERNELLEMENT VIGILANT...
COMME TU ES BEAU...
FINIE LA VAISSELLE! CE SOIR C'EST RESTAURANT, CHAMPAGNE, FOIE GRAS ET SALADE DE FRUIT!
RHÔÔÔ
ZIIIIP!
...MAIS AVANT TOUT MA BICHETTE, LE CADEAU DE TON LAPIN ROSE ADORÉ!! FERME LES YEUX, C'EST UNE SURPRISE!!
HÔÔÔ GÉGÈNE...
FINALEMENT C'EST UN ÊTRE FIN ET DÉLICAT...
TAADZÂÂÂM! ET VOILÀ: LE SECRÉTAIRE GÉNÉRAL DE LA CONFÉDÉRATION D'EXTRÊME-CENTRE; JE L'AI ASSOMMÉ MOI-MÊME CE MATIN! C'EST PAS UN BEAU CADEAU ÇA!!
BÂÂJOUR MADAME...
J'AURAIS PEUT-ÊTRE DÛ L'EMBALLER AVEC DU PAPIER CADEAU...

Achdé + Erroc

AH MON P'TIT LACRYMO, PENDANT QUE JE VOUS TIENS! JUSTE UNE QUESTION...
435 857 X 812 680 ÇA FAIT COMBIEN ?
HEU... ÇA... ÇA FAIT BEAUCOUP?
ÇA FAIT 35 421 226 ! AAH QUEL DOMMAGE ! VOUS ÊTES VOLONTAIRE ! DÉSOLÉ...
POURQUOI TOUJOURS MOI ?!
POF!
PAS AUJOURD'HUI CHEF CE SOIR JE MANGE CHEZ MON BEAU-FRÈRE ET C'EST DÉJÀ UN CALVAIRE...
C'EST ÇA C'EST ÇA...
C.R.S
CENTRE DE RECHERCHE SCIENTIFIQUE
MONSIEUR LACRYMO! QUELLE BONNE SURPRISE! JE VOUS ATTENDAIS!!
NOTRE PÈRE QUI ÊTES AUX CIEUX ...
DÉTENDEZ-VOUS CHER AMI! NOUS ALLONS TESTER AUJOURD'HUI MON NOUVEAU CASQUE CHAUFFANT À MICRO-ONDES...
PLOK!
C'EST L'HIVER? IL FAIT FROID? DES HEURES D'ATTENTE AVANT DE CHARGER? LE NEZ GELÉ?
CHCHCHHH...
OUAF! LE C.R.S MODERNE RIGOLE! LUI, IL EST BIEN AU CHAUD SOUS SON CASQUE...
CHCHHHH
MMH!
PAF!
... GRÂCE À UNE SUBTILE DIFFUSION DE LA CHALEUR DANS... EUH...
ARRÊTEZ-MOI CE TRUC!!
ENCORE UN PEU DE JAMBON FUMÉ MON CHER EUGÈNE ...
GRMBLLL!
72
Achdé + Sanroc 93

CRS-SS CRS-GON-ZESSES
AH, T'ES DÉJÀ LÀ EUGÈNE ? BEN DIS DONC, ILS ONT L'AIR UN PEU AGITÉS, NON ?!...
POC
ZIIIII
PONK!
BING!
VLAN!
BONK!
KLONK!
BONG!
POK!
PAF!
BING!
IL TIENT BIEN LE COUP LACRYMO VU SON ÂGE...
HÉ, C'EST UN PRO...
TITAN
JE... JE CROIS QU'ILS S'EN VONT...
RHAAA LES ILS ME L'ONT ABîMÉ!
TILT
AU PRIX QUE ÇA COÛTE !! DU LATEX RÉSINÉ AUX FIBRES DE TUNGSTÈNE EXPANSÉ !!
VANDALES!
Achdé 93
ERRAC

BASTON
GAME
GNOUF
GARR
000000
START
000000
TIME 0:20
STÔÔÔP!
ZÔÔÔB!
TIP! TIP! TIP!
000800
HA!HA!HA!
000000
TIME 0:30
CHTONK! Biiiip!
POSH! POSH!
ZOUU! ZOUU!
TIP! TIP!
000800
OUCH !
001000
TIME 0:40
GULP!
ZUUUU!
K.DO!
TIP! TIP!
000800
DAMNED !
001000
BÔÔM
YERK YERK YERK
000800
BAOUM !
GAME OVER
TIME 1:06
GAI
Bip! TUT! COAC! ZBEF! TILT!
OUT !
CRS
CASSEUR
991000 !
DÉMOLI PAR UN CASSEUR DE 8 ANS !! QUELLE ÉPOQUE !!
BOUHOUHOU !!
GAME OVER
TIME 1:06
Achdé 93 + Erroc

Z'AVEZ RAISON LES GARS... J'AI DÉJÀ VINGT CINQ ANS DE SERVICE...
...ET T'ES TOUJOURS QUE SOUS-BRIGADIER CHEF...
TU L'AS BIEN MÉRITÉE TA PROMOTION...
C'EST VRAI ÇA! ET PIS C'EST MOI QUI AIT LE MOINS DE BAVURE SUR MON CARNET: LE CHEF PEUT PAS ME LA REFUSER!!
POLICE NATIONALE
ON EST AVEC TOI EUGÈNE...
POUR SÛR QUE JE VAIS LUI EN PARLER AU CHEF! PRÉPAREZ LE CHAMPAGNE LES GUS!!
POMPOPOM, IL VA ME DONNER MES GALONS DE SOUS-LIEUTENANT STAGIAIRE, ET TOUT LE MONDE SERA ÉMU...
ARCHIVES BAVURES
APRÈS, IL ME CONFIERA DES TAS DE MISSIONS DE CONFIANCE: NÉGOCIER AVEC DES SYNDICALISTES, DES ÉTUDIANTS...
CRS
UNE VIE SAINE
...OU DES CASSEURS FOUS FURIEUX AVIDES DE CHAIR DE C.R.S FRAÎCHE...
GASP!
URGH!
GULP!
AÏE!
...ET QUI C'EST QUI EN PRENDRA PLEIN LA G... ?!
POLICE NATIONALE
...ET QUI C'EST QUE ÇA FERA BIEN RIGOLER...?!
GRRR!
LUI!
POUVEZ-VOUS LA GARDER VOTRE PROMOTION! SALE PLANQUÉ!
?!
PAF!
EN HOMMAGE À DESMAEKER!

BROUM! BROUM!
DÉPÊCHONS, DÉPÊCHONS, ÇA CASTAGNE SEC DEVANT LE MINISTÈRE DE LA SANTÉ : DES DENTISTES ENRAGÉS !!
HOLÀ, DOUCEMENT DOUCEMENT, UMPF !!! DE PANTALON!
VAS-Y LEVEAU FONCE !!
CLAC!
VROAAA
WIIIIIIIII
PINPONPINPONPIN
VROOOOOO
PONK!
VROOOOOOOO
PONPINPON
IIIIIIIII
BING!
DIS EUGÈNE, IL EST OÙ JÉJÉ ?!
?!
JÉJÉ ? JÉ... LEVEAU FREINE!
TU LE FAIS EXPRÈS OU QUOI ?! JE T'AI DÉJÀ DIT CENT FOIS QUE C'ÉTAIT DANGEREUX ET PAS RÉGLEMENTAIRE DE PORTER DES BRETELLES !!
Achdé 93 + Erroc

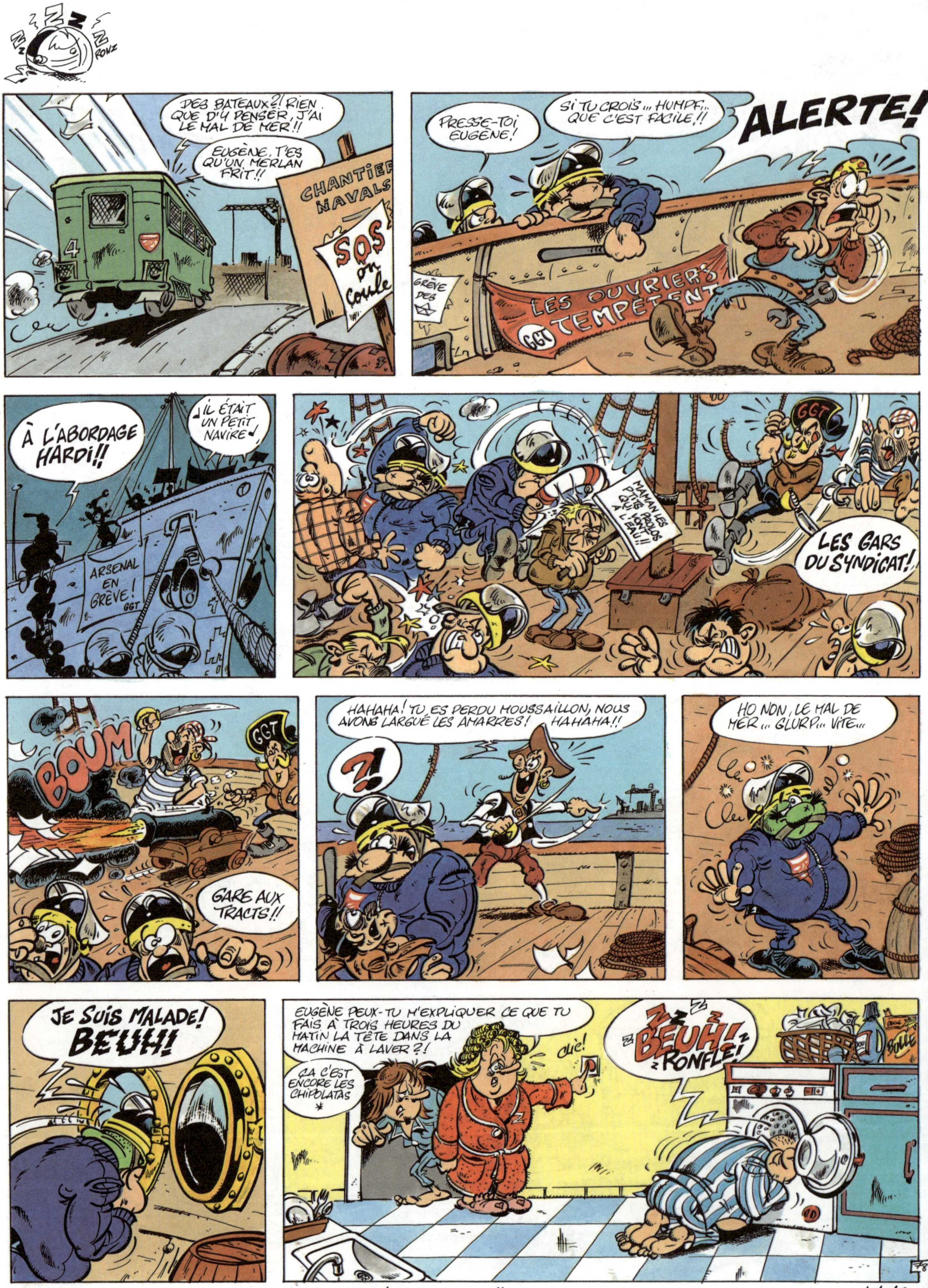

* LIRE C.R.S = DÉTRESSE PAGE 10!!

SALUT LÉON!
SALUT EUGÈNE, ALORS CETTE MANIF?
?!
AH BIEN, BIEN, TRÈS TONIQUE!
UNE AMBIANFE AFFEZ VIRILE FAUT AVOUER...
?!
JE SUIS UN JOLI LUUUTIN BLEEUU
FERMEZ LA PORTE VIIIIITE!!
UN PEU ÉPROUVANT PEUT-ÊTRE...
LEURS REVENDICATIONS ÉTAIENT CLAIRES REMARQUE...
MAIS... MAIS ENFIN EUGÈNE, ILS ÉTAIENT COMBIEN POUR VOUS METTRE DANS UN ÉTAT PAREIL?!
BEN 12
12!
CRAAK!
OUAIS... LA MANIF' DES 12 DERNIERS OURS DES PYRÉNÉES!!!
GRRR!
Achdé 93

AH BRAVO, LEVEAU, BRAVO !...
MAIS ENFIN, QUOI ! OÙ T'AS APPRIS À TE GARER ?!
MAIS... EUH... D'HABITUDE, Y'A PERSONNE DEVANT CHEZ LÉON...
EN PLUS, T'AS CHOISI LE JOUR...
ON EST COMBIEN DANS LE CAR ?!
BEN, JUSTE DEUX...
BIEN OBSERVÉ LEVEAU !
EUH... ET SI ON ESSAYAIT DE DISCUTER ??
'ME FAIS PAS RIRE : J'AI LES GENCIVES FRAGILES !!
C'EST UN PEU COMME QUI DIRAIT UNE BAVURE, NON ?
ÇA TU L'AS DIT, BOUT FILTRE...
CHEZ LÉON
PUNCHS COCKTAILS
HELL'S ANGELS
BIKER FOR EVER
HARLEY DAVIDSON
ON VA EN BAVER...

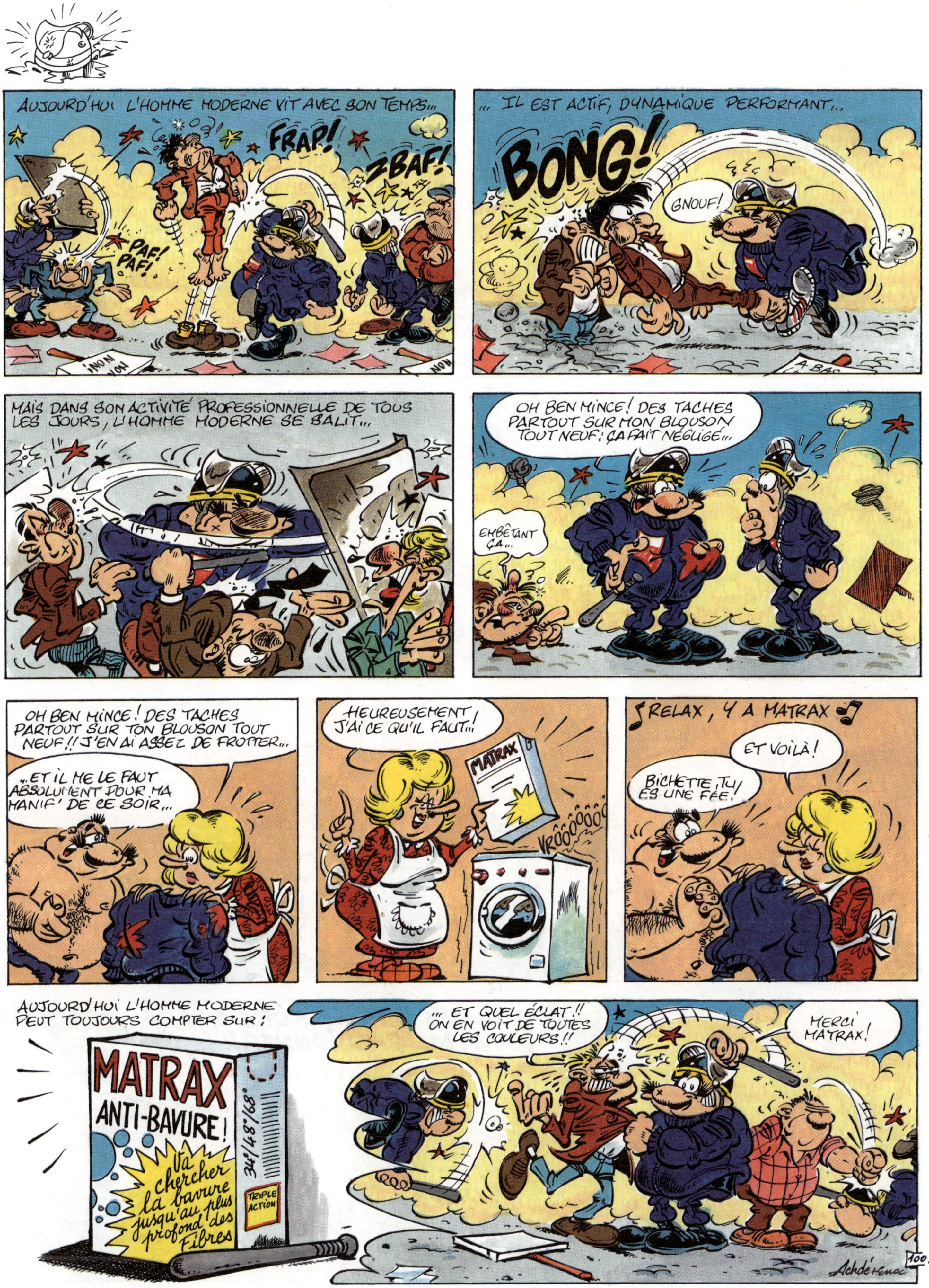
AUJOURD'HUI L'HOMME MODERNE VIT AVEC SON TEMPS...
FRAP!
ZBAF!
PAF! PAF!
... IL EST ACTIF, DYNAMIQUE PERFORMANT...
BONG!
GNOUF!
MAIS DANS SON ACTIVITÉ PROFESSIONNELLE DE TOUS LES JOURS, L'HOMME MODERNE SE SALIT...
OH BEN MINCE! DES TACHES PARTOUT SUR MON BLOUSON TOUT NEUF: ÇA FAIT NÉGLIGÉ...
EMBÊTANT ÇA...
OH BEN MINCE! DES TACHES PARTOUT SUR TON BLOUSON TOUT NEUF!! J'EN AI ASSEZ DE FROTTER...
...ET IL ME LE FAUT ABSOLUMENT POUR MA MANIF' DE CE SOIR...
HEUREUSEMENT J'AI CE QU'IL FAUT...!
MATRAX
VRÔÔÔÔÔÔÔ
RELAX, Y A MATRAX
ET VOILÀ!
BICHETTE, TU ES UNE FÉE!
AUJOURD'HUI L'HOMME MODERNE PEUT TOUJOURS COMPTER SUR!
MATRAX
ANTI-BAVURE!
Va chercher la bavure jusqu'au plus profond des Fibres
34°48°68°
TRIPLE ACTION
... ET QUEL ÉCLAT!! ON EN VOIT DE TOUTES LES COULEURS!!
MERCI MATRAX!
100!!

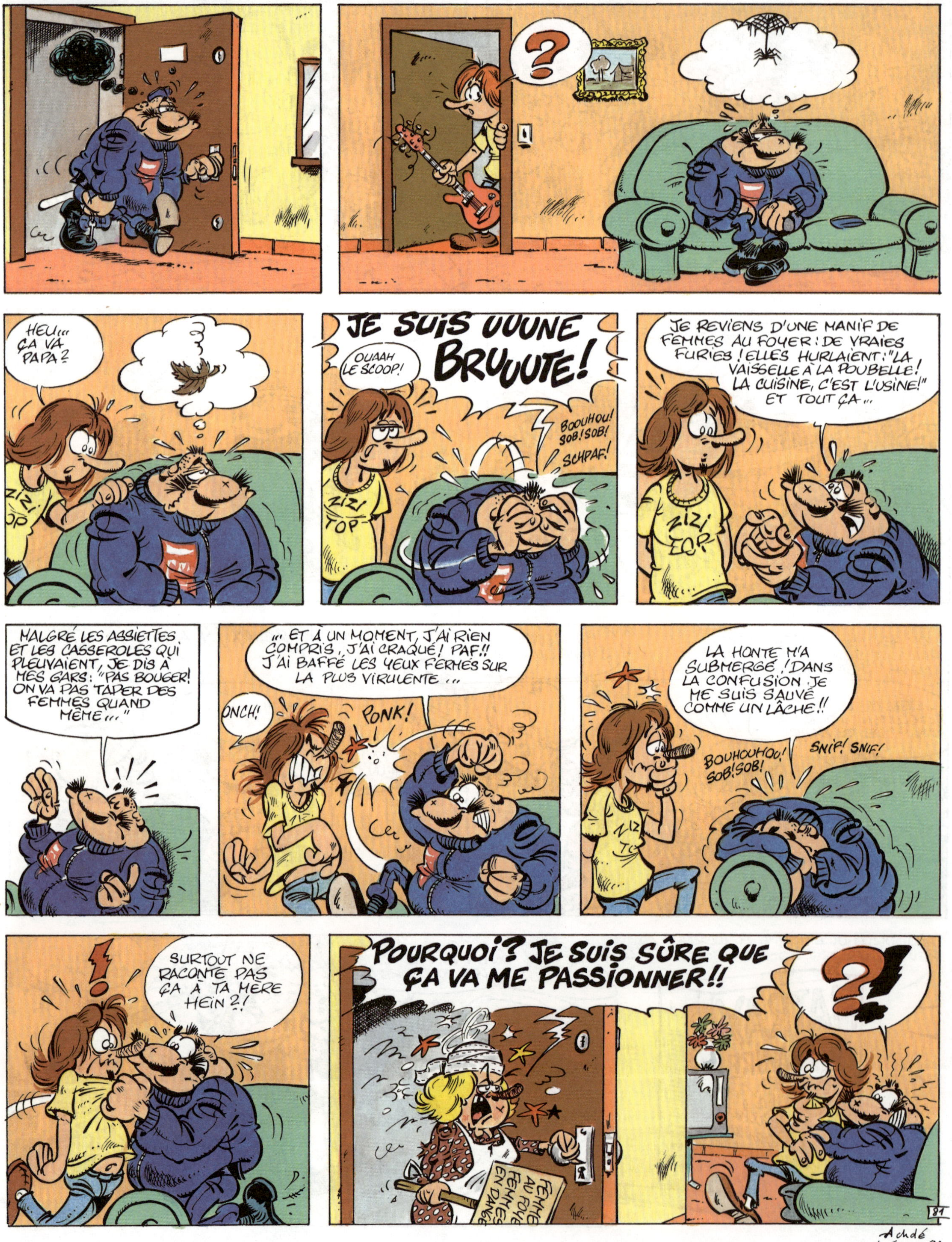

Achdé + Erroc 93

POISSON = DÉPRESSION
NOTRE AVENIR EST À L'EAU!
OK BOSSE FORT
MARINS PÊCHEURS EN COLÈRE
ON COULE
CHARG...
BLOTCH!
TCHAC! TCHAC! TCHAC!
VROM
MORUES VACHES
BROLOMBLOOOM
BROOM!
LE THON C'EST BON
ÇA N'A PAS L'AIR D'ALLER BIEN FORT MON GROS EUGÈNE; À MON AVIS, TU MANQUES DE PHOSPHORE...
TIENS, REPRENDS DU CABILLAUD À L'HUILE DE FOIE DE MORUE...

ALLEZ, FAUT VOUS BOUGER LES JEUNES! C'EST À VOUS DE CASSER CETTE IMAGE NÉGATIVE DE LA BANLIEUE...
TU SAIS QUOI GÉÉÉRARD? TU NOUS LES GONFLES UN MAX KEM!! ASSEZ, BASTA OUSTE!
OUAIS, DES ANIMATEURS SOCIO-CUL', ON EN A DÉJÀ USÉ 15...
SOYEZ CRÉATIFS QUOI!! EXPRIMEZ VOTRE MALAISE DES CITÉS INHUMAINES!
PFFF!
J'Y SUIS! FAITES DU RAP! C'EST À LA MODE, ÇA, LE RAP!!
OUAHNON! ON EN A MARRE DE JOUER LES SIRÈNES...
LES... LES SIRÈNES?
GRAT! GRAT!
BEN OUAIS... LA LÉGENDE, LA... LE CHANT DES SIRÈNES, ÇA ATTIRE LES BATEAUX NON?!
ET... ET ALORS?
IL A L'ÉVIER BOUCHÉ CE MEC! MONTRE LUI RACHID!!
GRNFXZ
JE SUIS COMME UN CHIEN QUI RONGE SON OS, LA BANLIEUE C'EST TROP CRAIGNOS, IO!!
OUAIS, LES SIRÈNES, ÇA ATTIRE LES BATEAUX...
GNFTRZ!
GNOUF!
...BEN NOUS, ON ATTIRE LES GALÈRES!!
GRRR!
GRR!
CARRIER
83
Achdé 93 + Ernst

C'EST ICI LES GARS ; GRAND MENAGE DE PRINTEMPS ! ON EVACUE LES "SQUATTERES" !!
SQUATT SWEET SQUATT
SQUATT
PILOTE
OUI
DEHORS TOUT LE MONDE ON FERME !!
BAF !
PAF !
BING
MESSIEURS, MES ENFANTS JE VOUS EN PRIE, DU CALME !
BAF !
T'AS RAISON PAPY C'EST L'HEURE DE TA TISANE : HOP ! DODO !
NOON !
MAIS ÇA VA PAS LEVEAU ? TU L'AS PAS RECONNU ?! LE CHOUCHOU DE L'OPINION PUBLIQUE : L'ABBÉ PAUL : LA BAVURE PUISSANCE DIX !!
10 ?!
BLEBELEB !
JE SUIS NAVRÉ MONSIEUR L'ABBÉ . JE SUIS PRÊT À TOUT POUR RÉPARER LA REGRETTABLE ERREUR DE MON SUBORDONNÉ ...
IT WAS AN AWFULL MISTAKE...
HÉ ! HÉ !
DING !
DONG !
VRAIMENT PRÊT À TOUT ??
OUI ! OUI ! OUI !
MAIS ENFIN BICHETTE, C'EST JUSTE POUR CINQ OU SIX MOIS ... CE QUE TU PEUX ÊTRE VIEUX JEU QUAND MÊME !!
ZUT

Achdé + Ema 93

ÉCOUTE ÇA ! "À LA SUITE DU COUP D'ÉTAT AU SAN-CHORIZO LE GÉNÉRAL DUBOIS Y GONZALEZ VIENT D'ARRIVER EN FRANCE...
UNE VILLA DE 12 PIÈCES-CUISINE SALLE DE BAINS-PARKING A ÉTÉ MISE À SA DISPOSITION PAR LE GOUVERNEMENT, GNAGNAGNA ET GNAGNAGNA...
TU SAIS QUOI ? ÇA ME DÉGOÛTE ÇA !! CE TYPE A DU SANG JUSQUE SOUS LES AISSELLES, ET NOUS ON VA LE BORDER DANS SON LIT !!
C'EST POLITIQUE !
BUON GIORNO SIGNORI ZÉ PEUX ENTRER, SI ??
PIZZA
STOP !
MA ZE VIENS ZOUSTE LIVRER OUNE PIZZA PER IL ZÉNÉRAL...
O.K C'EST BON
SNIF ! SNIF !
HOUAIS
PALP ! PALP ! PALP ! PALP !
... EN PLUS, ON VA DEVENIR COMPLÈTEMENT PARANO ET VOIR DES TERRORISTES PARTOUT !!
AAAAA
IL AVAIT PLANQUÉ UNE TRONÇONNEUSE DANS LA PIZZA !!
OU DES GRENADES DANS LES OLIVES !!
?!
TEUH !
Y AVAIS COMMANDÉ OUNE PIZZA VÉSUVIO ! PORQUÉ M'AS-TOU LIVRÉ OUNE PIZZA QUATRE SAISONS HEIN ? PORQUÉ ?!
AAAAAAAAA
YERK YERK
TOU VA PARLER OUI ?
Achdé 93 + Emoc

AH! JE ME DISAIS JUSTEMENT! "TIENS C'EST JEUDI, MON PETIT LACRYMO NE DEVRAIT PAS TARDER..." ENTREZ DONC!
JE VOUS SALUE MARIE
ICI DANGER
DZIIII! ZOÏNG! BIP! BEURP! BRRR! BLIP!
LAISSEZ-MOI VOUS PRÉSENTER MON KON-TREXX 1, LE CIBORG, ROBOTIC SECURITY! C'EST LE GUERRIER DU PAVÉ DE DEMAIN!! UN GANT DE TITANE DANS UNE MAIN BIONIQUE!
POLICE NATIONALE CRS
TENEZ MON P'TIT LACRYMO, VOUS ALLEZ JOUER LE RÔLE SI PASSIONNANT DU MANIFESTANT!
ON VEUT DES SOUS
MAIS... MAIS...
SI! SI! JE LE PROGRAMME...
12pt 6,03
92
BIP! BIP! BIP!
pas bouger
interpeller
FAIRE de la PURÉE
ET C'EST PARTI!!
VOUS ÊTES UN PARASITE!
POK!
CRASH!
KON-TREXX 1 DOIT É-LI-MI-NER!
HEU... ÇA M'A L'AIR CONCLUANT... VOUS POUVEZ L'ARRÊTER À PRÉSENT.
AH, MAIS NON...
...C'EST LÀ OÙ C'EST GÉNIAL: ON NE PEUT PAS L'ARRÊTER! PERSONNE! JAMAIS! AMUSANT NON?!
MAIS ENFIN EUGÈNE, ÇA FAIT 6 MOIS QUE...
ON RESTE!! JE SUIS SÛR QU'IL ME CHERCHE ENCORE!!!
SAHARA PROFOND
Achdé + Erroc 93

CHAAARGEZ!
LE BÂTIMENT C'EST BÉTON!
CASSONS TOUT POUR RECONSTRUIRE! UNION DES MAÇONS ET PLÂTRIERS
LE SMIG À 1 BRIQUE!
ALORS QUOI?! VOUS ATTENDEZ LE MÉTRO?!!
BEN... C'EST PAS ÇA...
...MAIS ÇA M'EMBÊTERAIT DE FROISSER MON UNIFORME FRAÎCHEMENT REPASSÉ...
...OU PIRE! AVOIR UN ACCROC!
?
...ET PUIS TOUTE CETTE POUSSIÈRE... UN PETIT PEU DE "CRÉPUSCULE VIRIL" DE "NOULÉZOM", ÇA AÈRE...
PSHIII PSHIII
MOI JE VOUDRAIS PAS QU'ILS ABÎMENT MON NEZ DE BÉBÉ...
?
JE VOIS! AH, ILS SONT BEAUX LES GUERRIERS DU PAVÉ!!
GNOUF!
CHEF, ÇA NE VA PLUS DU TOUT!! DEPUIS QU'ON A UNE FILLE DANS LA COMPAGNIE, LES GARS RIVALISENT DE COQUETTERIE POUR LA SÉDUIRE ET...
SOB! SNIF!
QUOI?! ATTENDEZ, JE VAIS LEUR PARLER...
VOUS ÊTES DES C.R.S! PAS DES TOP-MODÈLES! CHAARGEEEZ!!
OUHA! BRAVO CHEF, VOUS AVEZ ÉTÉ...
CE QUI M'EMBÊTE, C'EST LE CASQUE
J'AI PEUR QUE ÇA ABÎME MON BRUSHING NON??
GRNiiii!
Achdé 93 + Erroc

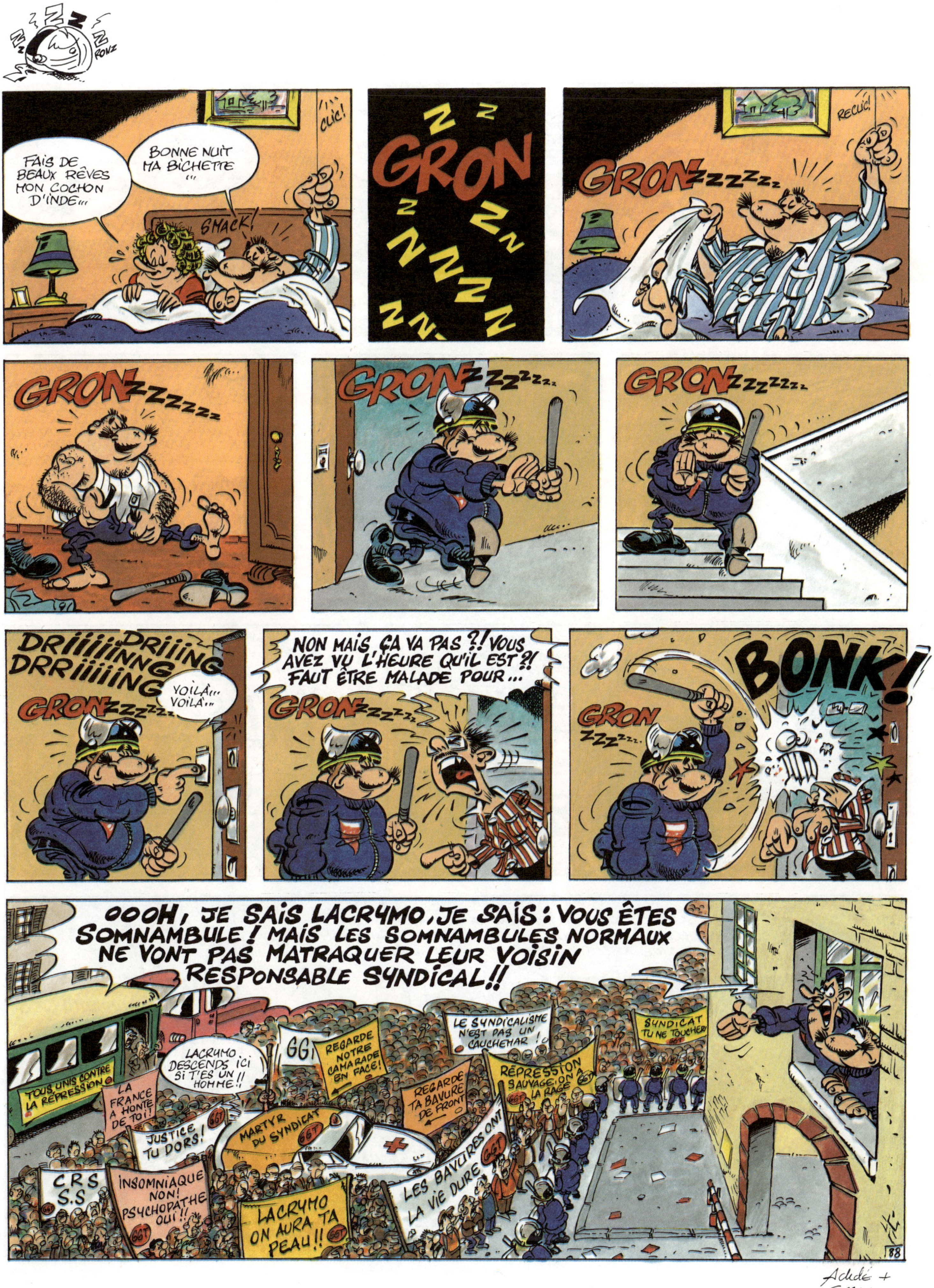
ZZZ RONZ
CLIC!
BONNE NUIT MA BICHETTE ...
FAIS DE BEAUX RÊVES MON COCHON D'INDE...
SMACK!
GRON
ZZZZZZZZZ
RECLIC!
GRONZZZZZZ
GRONZZZZZZ
GRONZZZZZZ
GRONZZZZZZ
DRIIIIIIDRIIING DRRIIIIIING
GRONZZZZZ
VOILÀ... VOILÀ...
NON MAIS ÇA VA PAS ?! VOUS AVEZ VU L'HEURE QU'IL EST ?! FAUT ÊTRE MALADE POUR...
GRONZZZZZ
GRON ZZZZZ
BONK!
OOOH, JE SAIS LACRYMO, JE SAIS : VOUS ÊTES SOMNAMBULE ! MAIS LES SOMNAMBULES NORMAUX NE VONT PAS MATRAQUER LEUR VOISIN RESPONSABLE SYNDICAL !!
LE SYNDICALISME N'EST PAS UN CAUCHEMAR !
SYNDICAT TU NE TOUCHERA
LACRYMO DESCENDS ICI SI T'ES UN HOMME !!
REGARDE NOTRE CAMARADE EN FACE !
TOUS UNIS CONTRE LA RÉPRESSION
LA FRANCE A HONTE DE TOI !
REGARDE TA BAVURE DE FRONT
RÉPRESSION SAUVAGE ON A LA RAGE
JUSTICE TU DORS !
MARTYR DU SYNDICAT
C.R.S S.S
INSOMNIAQUE NON ! PSYCHOPATHE OUI !!
LACRYMO ON AURA TA PEAU !!
LES BAVURES ONT LA VIE DURE
Adidé + Smoc-

HIPS!

GRMBLLL!
C'EST ÇA LÉON! RESSERS-NOUS! C'EST LE SEUL MOYEN DE DÉBLOQUER LA SITUATION...
SLURP!
CLIC!
SLURP!
1 HEURE + TARD...
SLURP!
HAAAAA!
2 HEURES HIC! + TARD...
ÇA... ÇA Y EST Y A LES BÊTES SOUS MA CASQUETTE QUI COMMENCENT À BROUTER...
T... TIENS, IL FAIT NUIT ?!
TRÈS LONGTEMPS HIC! + TARD...
RHÔÔ BEN IL... IL EST MAL TENU TON TROQUET : Y A DES... SCARABÉES QUI FONT UN BAR... BARBECUE... LÀÀ !!
LÉON, ÉTEINS TA TONDEUSE ...À GAZON; ELLE M... ME REND... DIN... DINGUE!
AAAH! AAAH! JE SENS QU'TU FAI... FAIBLIS, J'AI... J'AI GAGN...
OUPS!
HÉÉÉ... REMETTEZ-MOI MON ÉCHAFFAU... ÉCHAFFAUDAGE !!
BRAVO EUGÈNE, T'ES L'MEILLEUR !! JE VAIS LEUR LIRE LE COMMUNIQUÉ!
BLAM!
PFF! GONZ... GONZESSE !!
LORS DES NÉGOCIATIONS AVEC LE REPRÉSENTANT DES FORCES DE L'ORDRE, LE SECRÉTAIRE GÉNÉRAL DE LA CONFÉDÉRATION DES ALCOOLOS ASSOCIÉS N'A PAS PU SOUTENIR LES ARGUMENTS SUFFISAMMENT SOLIDES POUR FAIRE ABOUTIR VOS REVENDICATIONS...
EN CLAIR HIC VOUS POU... POUVEZ VOUS BARRER!
TILC!
DU VIN! PAS DES PAINS! C.A.A
VIN ROUGE L'ÉTAT BOUGE N BLANC REND
BOIRE OU ÉLIRE CHOISIR
RAS LE GOULOT!
C.A.A. PINARD OB... OBLIGATOIRE
82

C'EST VOUS LES PIÉTONS QUI VENEZ POUR LE STAGE MOTO ?! UN PEU DODU POUR FENDRE L'AIR, TOUT ÇA NON ?! HAHAHA!
M'ÉNERVE PAS OU JE VAIS TE FENDRE AUTRE CHOSE !!
POUET!
YOUPI!
BON, ON VA VOUS TESTER! VOUS ME FAITES LE PARCOURS ET JE VOUS CHRONOMÈTRE !!
PRÊTS?
ARF!
GRMMBLL!
CLIC!
ET C'EST PARTI !!
HOOOOOO!
BROM
VROP
BONK!
PONK!
PONK!
BOP!
BOP!
OUAAAH! MAIS ARRÊTEZ-MOI!
BONK!
POK!
FREINE EUGÈNE! FREIIIIINE!!
HIIIIII
TEST CONCLUANT HAHAHA!
PEUH! CHAIS PAS FAIRE DU VÉLO, ALORS AVEC CETTE #! MOTO
IMPOSSIBLE N'EST PAS C.R.S NOUS ALLONS ARRANGER ÇA !!
GNOUF!
...ET LE PREMIER QUI RIGOLE JE LUI EN COLLE UNE!
90

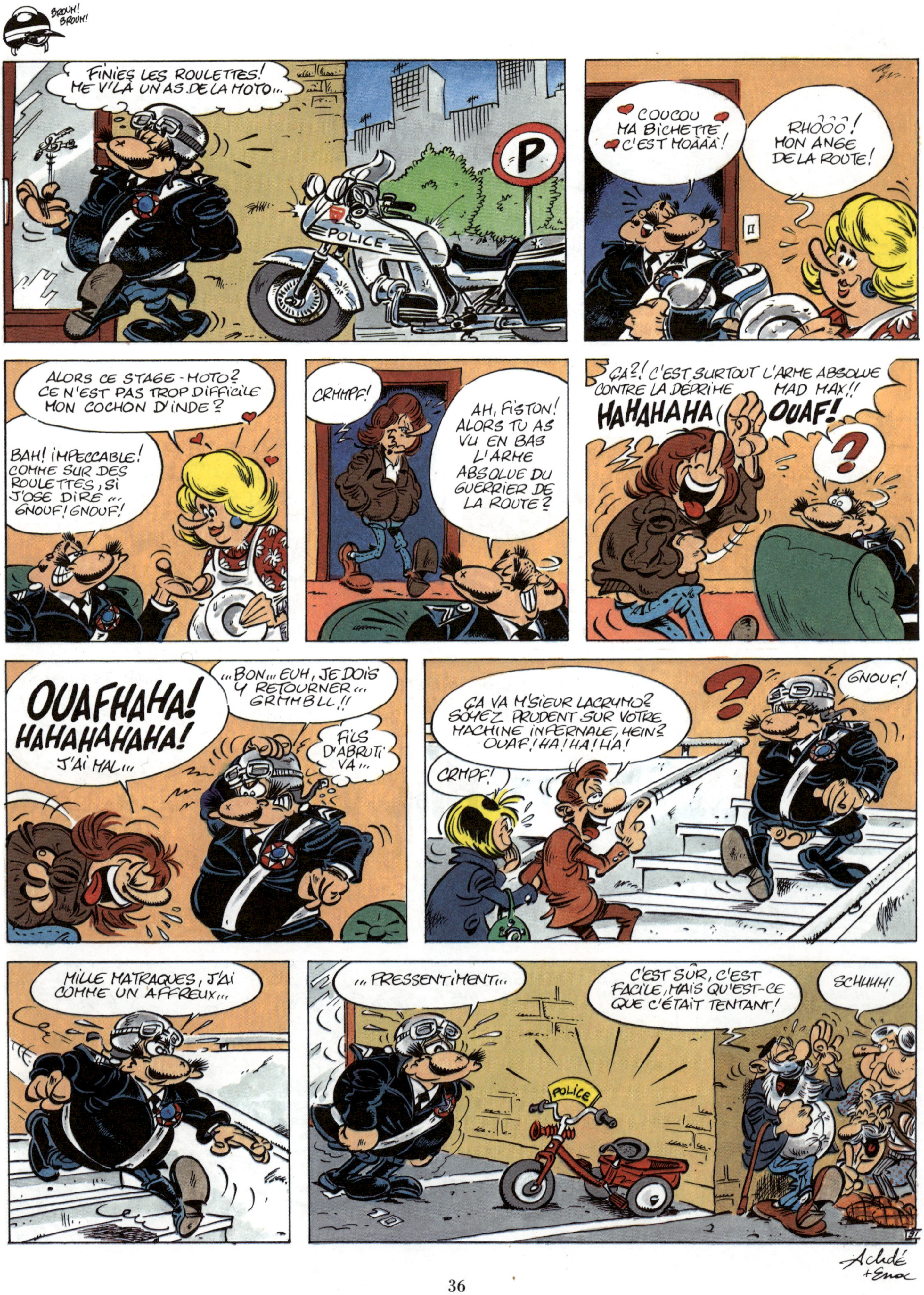
BROUM! BROUM!
FINIES LES ROULETTES! ME V'LÀ UN AS DE LA MOTO...
POLICE
COUCOU MA BICHETTE C'EST MOÂÂÂ!
RHOÔÔ! MON ANGE DE LA ROUTE!
ALORS CE STAGE-MOTO? CE N'EST PAS TROP DIFFICILE MON COCHON D'INDE?
BAH! IMPECCABLE! COMME SUR DES ROULETTES, SI J'OSE DIRE... GNOUF! GNOUF!
CRMMPF!
AH, FISTON! ALORS TU AS VU EN BAS L'ARME ABSOLUE DU GUERRIER DE LA ROUTE?
ÇA?! C'EST SURTOUT L'ARME ABSOLUE CONTRE LA DÉPRIME MAD MAX!!
HAHAHAHA
OUAF!
?
OUAFHAHA! HAHAHAHAHA!
J'AI MAL...
...BON... EUH, JE DOIS Y RETOURNER... GRMMBLL!!
FILS D'ABRUTI VA...
ÇA VA M'SIEUR LACRYMO? SOYEZ PRUDENT SUR VOTRE MACHINE INFERNALE, HEIN? OUAF! HA! HA! HA!
CRMPF!
?
GNOUF!
MILLE MATRAQUES, J'AI COMME UN AFFREUX...
...PRESSENTIMENT...
POLICE
C'EST SÛR, C'EST FACILE, MAIS QU'EST-CE QUE C'ÉTAIT TENTANT!
SCHHHH!
Achdé + Enoc

'SUIS À LA POURSUITE DU FUGITIF QUI A BRÛLÉ 14 FEUX ROUGES ! JE VAIS LE COINCER, OVER !
SHOP
ROAAAAA
VROOOO
BONK
PONK !
ÇA VA, IL N'EST PAS TROP ABÎMÉ !!
MERCI D'AVOIR AIDÉ LA LOI, SI, SI !
BEUH GAZOU ? FLEBELEB !!
POLICE
ET VOILÀ MON GAILLARD, UN JOLI BRACELET... FAUT QUE JE L'ATTACHE QUELQUE PART...
GABU !
CLIC !
AH ! ICI, CE SERA PARFAIT ; JUSTE LE TEMPS...
AGUEUH ?
CLAC !
... DE LUI MITONNER UN P.V AUX PETITS OIGNONS ; POUR SÛR ! UN DÉLIT DE FUITE ÇA VA CHERCHER LOIN...
VROM
HÉHO ?
?
GEURS -NOIRS
LES DÉMÉNAGEURS PIEDS-NOIRS
ON A L'EXPÉRIENCE !
S.ALGER - RABAT OUARZAZATE
PARIS - ALGER - RABAT OUARZAZATE
HÉÉÉÉÉÉÉÉÉÉÉ !!
... MAIS ALORS DEUX DÉLITS DE FUITE ÇA IRA CHERCHER TRÈS LOIN !!
91

Achdé 93
+ Erroc

BONJOUR LES GARS
HEU... SALUT LÉON... ÇA BOUME ?
!
AÏE ! AÏE ! AÏE ! IL NOUS REFAIT SON BLUES ANNUEL !
NORMAL ; ON EST LE 13, LE JOUR OÙ UN RIVAL LUI A PIQUÉ SA FIANCÉE VOILÀ 40 ANS À MOSCOU...
DÛÛR LE COLLECTIVISME...
JUSTEMENT, POUR LUI REMONTER LE MORAL JE LUI AI APPORTÉ UN SUPER CADEAU...
OUAH !
TIENS, MON P'TIT LÉON ! UN CADEAU POUR TOI : LE PAVÉ HISTORIQUE QUI A CABOSSÉ L'AILE GAUCHE DE LA D.S DU GÉNÉRAL DE GAULLE LE 16 MAI 1968 À 20 HEURES...
EUGÈNE C'EST TROP, JE...
ALORS ÇA VA MIEUX
VROOM !
TUUUUUUT
BEAUCOUP MIEUX !!
CHEZ LÉON
PUNCH COCKTAIL
ZOOOUUUUU
SCHKLING !
?!
BEUH ! TU VERRAIS L'ÉTAT DE LA BAGNOLE ET DES OCCUPANTS J'EN AI LE CASSOULET TOUT RETOURNÉ !
ON CUISINE LES TERRORISTES À CÔTÉ...
POLICE
ACCOUCHE !
...MAIS ENFIN, ON POUVAIT PAS DEVINER QUE L'AMBASSADEUR DE RUSSIE PASSAIT TOUS LES JOURS DEVANT CHEZ LÉON POUR LE NARGUER...
... VU QU'IL LUI AVAIT PIQUÉ SA FIANCÉE IL Y A 40 ANS...
Z
Achdé + Serre

C'EST UNE MANIF' DE QUOI CE MATIN ?!
BEN, DE TORÉROS JE CROIS...
MÉTRO BOULOT TORO!
ON N'EST PAS DES BOUCHERS À L'ARÈNE!
VIVA CORRIDA OLÉ
GNOUF! L'ABATTOIR EN PAILLETTES, TRÈS PEU POUR MOI! JE VAIS TE ME LES SOIGNER...
POC! POC! POC!
TCHÂÂRGE!
HÉHA! LOS C.R.S MUCHO GROSSO CRETINO!
DES TOROS PAS D'IMPÔTS
OLÉ!
DES TOROS PAS D'IMPÔTS
ZOOUF
?
?!
OLÉ!
DES TOROS PAS D'IMPÔTS
ZZZOOUUUU...
PAF
GNOUF!!
ZOOUU
MAMA MIA!
EUH... OLÉ...
BRONK
OLÉ!
C'ÉTAIT DANS MON HOROSCOPE! TAUREAU: NE VOUS LAISSEZ PAS TIRER LES OREILLES OU VOUS RENTREREZ LA QUEUE BASSE!
OLÉ!
?
95
Achdé 93 +Erroc

YOUHOU, MA BICHETTE, C'EST MOAAA...
JE SUIS LÀ MON COCHON D'INDE...
"SMACK!": JE TE PRÉSENTE UN COLLÈGUE DE BUREAU, MARILYN MANDALE... JE L'AI INVITÉE À BOIRE L'APÉRO...
?!
MADAME LACRYMO! JE SUIS SI HEUREUSE DE FAIRE VOTRE CONNAISSANCE
JE VAIS CHERCHER LES VERRES...
HÉ, PSST! Z'AVEZ VU MA TOUTE DERNIÈRE DOTATION??
OUAHAA! LA NOUVELLE "BRIZMÖLLER" NON??
SI! UN BIJOU! LÉGÈRE, ROBUSTE! LA ROLLS-ROYCE DES MATRAQUES DU GUERRIER DU PAVÉ...
ZIG! ZIG! ZIG!
RHÔÔÔÔ! JE PEUX L'ESSAYER?
BIEN SÛR, JE...
?
BOUF
CRAC!
HEU... ALORS, QU'EST-CE QUE VOUS EN PENSEZ?
HUMM... ROBUSTE SOUPLE... MOUI!! C'EST UN FAMEUX GOURDIN!!
?!
DÉCIDÉMENT, MA FEMME NE COMPREND RIEN À LA FRANCHE ET VIRILE CAMARADERIE...
96
Achdé + Erroc 93

Y'A UNE PANNE DE SECTEUR PUBLIC !!
À BAS LE MINISTÈRE : LES FONCTIONNAIRES VEULENT ÊTRE PÉPÈRES !!
LES COCOTTES EN PAPIER SONT DÉPRIMÉES !
CHARGEZ !
ENCORE ?!
PFFUU !
HÉHOSTOP ! ON SE CALME UNE MINUTE !!
HEIN ?! QUE ...
DIS ROBERT T'AS VU L'HEURE ?
C'EST BIEN CE QUE JE PENSAIS ...
GNOUF ?
BOUGEZ SURTOUT PAS, ON REVIENT !!
?!
QU'EST-CE QUI LEUR PREND ? ON LES A VEXÉS ?!
BON ALORS, QU'EST-CE QU'ON FAIT ? ON COGNE OU ON COGNE PAS ?!
DOUCEMENT... C'EST BON, POSEZ-LA ICI !!
?!
AH ÇA, DANS LA FONCTION PUBLIQUE, LA PAUSE-CAFÉ C'EST SACRÉ ...
Espresso
CAFÉ
THÉ
VERVEINE
ASPIRINE
UN SUCRE OU DEUX ?
65 II
Achdé 93.
+ ERROC

TIENS, ENCORE UNE MANIF...
ENCORE? ET C'EST QUOI CE COUP-CI? LES ZAZOUS? LES POSTIERS? LES CHEMINOTS? LES SIDÉRURGISTES?
??
??
SYNDICAT DES NYMPHOMANES TORRIDES
LES MECS C'EST ¡IMPEC!!!
?!
?!
... NON, C'EST LE PRINTEMPS!
Achdé + Erroc 93

IL FAUT Y ARRIVER LES GARS...
CE QUI COMPTE C'EST LA CONCENTRATION!
BONK!
ÔÔHÔÔÔÔÔÔÔ
BONK!
ARF! ARF!
ZIP!
ZIP!
DOOUU... DOUCEMENT...
ÔÔÔHÔÔÔÔÔ
?
BOM!
ZIP!
ZZZZOOOUUUU...
J'EN PEUX PLUUS! JE VEUX RENTRER À MA MAISOOON!
ZZOOOUUU...
...ET OUI JEAN-JACQUES COMME VOUS LE SAVEZ, LES POUVOIRS PUBLICS ONT DONNÉ L'ORDRE AUX C.R.S DE CHARGER LE 12 AU MATIN, NOUS SOMMES LE 16 ET LA SITUATION NE SEMBLE PAS DEVENIR PLUS FLUIDE...
PRODUCTEUR D'HUILE EN COLÈRE
TOUCHE PAS À MON COLZA!!
TU LA CONNAIS CELLE-LÀ? OLIVE DIT À RACHID: "ÇA TOURNE AU SOL!"
BOUHOUHOU!
OUHAA!
LIIIP!
L'ÉTAT EST GRAS!
ARF! ARF!
ON A PLUS LA FRITE!
Achdé + Erroc

HOME SWEET HOME
BICHETTE C'EST MOI
AH BRAVO! TU PEUX ÊTRE FIER DE TOI!!!
HEIN? QUE...
BOUHOU BOUHOUHOU SOB! SOB! SOB!
TRÔÔMP!
MA MÈRE M'AVAIT PRÉVENUE! TU N'ES QU'UN PRIMAIRE!! TOUT EST FINI ENTRE NOUS, EUGÈNE!!
MAIS... MAIS... MAIS...
CLAC!
ALORS? LE TORTIONNAIRE EST DE RETOUR? IL EST CONTENT DE LUI LE "GÉGÈNE" LACRYMO?!
CEAUCESCU!! PINOCHET!!
CALME-TOI RENÉ
BOUHOU! BOUHOUHOU!
C'EST UNE HONTE VERMINE!
RHAAA LE VOILÀ!
TU VAS LE PAYER SALE FUMIER!!
GNOUF!
I ♥ LYNCHAGE
À VOT' BON COEUR M'SIEURS DAMES! DONNEZ AUX PAUVRES VICTIMES DU C.R.S SANGUINAIRE EUGÈNE LACRYMO!
MAIS ATTENDEZ JE...
GRRRRRRE!
ARF! ARF!
ÇA A MARCHÉ TU PEUX ARRÊTER!
TAPER LES VIEUX C'EST ODIEUX!
C'QU'ON EST VACHE TOUT DE MÊME OUARF!
PLOP!
LACRYMO EST NOTRE BOURREAU!!
80
Achdé 93 + Enoc

EUGÈNE FAIS QUELQUE CHOSE...
GÉDÉON ET SON "ARDEROCK"..! BON : PLAN N°1
LE Journal
(*) SOLO DE GUITARE FRANCHEMENT DISTORDU!
FISTON : JE SAIS CE QUE TU VAS ME DIRE : TU ES UN VIEUX ... ! TU NE CONNAIS RIEN À LA MUSIQUE...
SÛR!
...EH BIEN, TU TE TROMPES ! TIENS EN MAI 68, J'ÉTAIS JEUNE ET BEAU POUR L'ÉPOQUE...
...EH BIEN À LA CASERNE, ON AVAIT FORMÉ UN GROUPE...
'TENTION LES GARS... 1, 2, 3...
"GÉGÈNE ET LES ROLLING-PAVÉS!!
J'JOUE DE LA MATRAQUE RUE GAY-LUSSAC!
ÇA VA SAIGNER SOUS LES ARCADES, C'EST L'BLUES DE LA BARRICADE!
ÇA DONNAIT UNE DE CES PÊCHES AUX COPAINS : EN TRAVAILLANT, ILS TAPAIENT DES PIEDS, DES MAINS AUSSI...
YÉYÉ ! ÇA VA SAIGNER SOUS LES ARCADES
PAF!
YÉYÉ ! C'EST L'BLUES D'LA BARRICADE
ON AVAIT MÊME SORTI UN 45 TOURS, SI, SI...
Gégène & les rolling-pavés
•Barricade Blues •Manif twist
MÊME D. COHN-BENDITE ADORE!
ET PUIS UN JOUR, DEVANT LA SORBONNE, J'AI RENCONTRÉ UNE GROUPIE... TA MÈRE!!
BASTON 68
Journal du C.R.S averti
EXCLUSIF
GÉGÈNE ARRÊTE LA MUSIQUE...
...POUR FONDER UN FOYER!
C'ÉTAIT LE ROCK OU SIMONE: J'AI CHOISI
...ALORS TU VOIS, LA MUSIQUE C'EST MA VIE ! ET JE SUIS FIER QUE TU SUIVES L'EXEMPLE DE TON VIEUX PÈRE!!
GASP!
ALORS, ÇA A MARCHÉ?
MMOUI, IL A REPRIS SA COLLECTION DE TIMBRES...
102
Achdé 93 +Ena

EH BÉ! 'SONT NOMBREUX LES AGRICULTEURS: Y A MÊME DES FEMMES AVEC EUX...
N'IMPORTE QUOI! DES FEMMES...
PEUH! UNE MANIF, C'EST UN TRUC D'HOMMES! LES GONZESSES, C'EST CUISINE, TRICOT, SANTA BARBARA ET TROIS HEURES À SE POMPONNER!
Ô RAGE SUR LES PÂTURAGES
LE BLÉ ÇA A ÉTÉ PAYÉ !!
LE COLZA C'EST PU ÇA!
D'AILLEURS, TES NANAS TU VAS VITE LES VOIR SE SAUVER EN POUSSANT DES PETITS CRIS APEURÉS!
BAF!
CRÉ VIN DIOU !!!
BROLOMBROLOMBROLO
PATATES
BOP!
ZOU!
GNOUF!
TROMP TROMP TROMP TROMP TROMP!
BEN DIS DONC, IL A L'AIR D'AVOIR ÉTÉ SACRÉMENT SECOUÉ LE P'TIT JÉJÉ
PIRE QUE ÇA...
...IL EST TOMBÉ AMOUREUX!!
TONKIN

PRISE DE VUES : Achdé MISE EN SCÈNE : Erroc 93

www.dargaud.fr

«Loi n° 49-956 du 16 Juillet 1949 sur les publications destinées à la jeunesse.»
Dépôt légal: août 2000 • ISBN 2-205-04210-6
Printed in France by **Partenaires-Livres®** / cl - août 2000